MIRADES

Pensaments
des de
més enllà
de la consciència

Teresa Vergés Adrià

El meu profund agraïment a:

Lidia Salas Ros
per estar sempre al meu costat,
pel seu incondicional suport personal
i imprescindible assessorament tècnic

Mireia Campabadal Bertran
pel seu recolzament lingüístic
i la seva amistat

PRESENTACIÓ

Diuen que en els ulls, en les MIRADES, s'hi pot percebre l'ànima de l'ésser humà que hi ha al darrere.

En la manera que s'expressen els ulls, en les MIRADES, s'hi reflecteix el nostre estat d'ànim. No podrem evitar que transmetin alegria, desig, il·lusió, tristesa, melangia...

També s'hi poden entreveure les marques que deixen el dolor, el desencís, la manca d'esperança...

Massa vegades les MIRADES ens traeixen i mostren el que voldríem amagar, potser perquè ens angoixa el que ens està rosegant per dins. Una angoixa de la qual, si volem deslliurar-nos-en, ens caldrà obrir el cor per poder alliberar-la.

Aquests poemes són el reflex de moltes de les emocions que experimentem i que potser no sempre som capaces de compartir ni d'expressar en veu alta.

Però no esteu, ni mai estareu soles; al vostre costat, sempre hi haurà un braç que us doni aixopluc; només l'heu de saber trobar.

I si aquests humils poemes us ajuden a endinsar-vos en els vostres pensaments més íntims, i qui sap si comprendre'ls millor, em donaré per satisfeta.

Gràcies per voler endinsar-vos en l'enorme ventall de sentiments que es reflecteixen a través de: MIRADES, uns pensaments que van més enllà de la consciència.

INTRODUCCIÓ

Teresa Vergés Adrià

MIRADES

Mirades novelles dels infants,
mirades que tot ho abasten dels joves,
mirades cansades dels grans,
mirades dels que només esguarden l'horitzó.

Mirades alegres plenes de joia,
mirades que dringuen plenes de llum,
mirades tristes que amaguen sofriments,
mirades que callen i es claven a l'infinit.

Mirades dolces, emplenades de tendresa,
mirades netes, clares, transparents,
mirades sinceres, dels que parlen amb la veritat,
mirades orgulloses, dels qui poden sentir-se satisfets.

Mirades radiants que traspuen calidesa,
mirades que saben gaudir del que els envolta,
mirades que no obliden el dolç regust dels records,
mirades que no poden evitar l'esperança.

Mirades al treball que, diuen, ens ha d'honorar
i permetre'ns el merescut descans...
Mirades que no comprenen tants perquès
i que es poden tancar abans d'obrir-se.

Mirades per esguardar-nos des de l'interior,
mirades que ens observen des de fora,
mirades per esbrinar el que ens envolta,
mirades que no poden reprimir la tristor.

Els nostres ulls parlen sense que ho puguem evitar,
defugint mots que no poden o no volen sortir,
però que la nostra mirada expressa més sincerament
que qualsevol paraula que poguéssim dir.

No sempre ens sentirem capaços,
ni trobarem la manera de dir el que voldríem:
aleshores hauríem d'aprendre a mirar-nos als ulls
i deixar que fossin ells els que, muts, parlessin.

MIRADES A LA VIDA

MIRADES A L'ATZAR

Existeix l'atzar o és producte
d'una follia col·lectiva?
Podríem, esguardant-lo de fit a fit,
esbrinar el seu propòsit?

Qualsevol esdeveniment no esperat,
magnificat pel flux de la lluna,
podria provocar goig, esperança,
però també esglai o el sòrdid suïcidi del seny.

Temptar l'eclipsi de les faules,
en creuar camins ardents,
pot emmascarar les mirades deixant l'atzar
al llindar de la més esberlada consciència?

El batec d'una forja a frec de martell,
tenyint l'aire de guspires daurades,
podrà esdevenir com estrofes inconcluses
que no permetin finir la possible amargor?

Una exaltació novella esvairà la por,
esgrimint per primer cop
l'espasa de la noblesa embravida
del que és orfe d'experiència?

Estan marcats els nostres camins
escapant al possible lliure albir
o es van solcant, descurats,
al so ferotge de la vida?

Què és el que ens fa temptar la fortuna cada dia?
Serà el repte per conquerir el demà,
l'esperança la que ens farà temptar el destí
o ens deixarem portar per l'atzar?

Busquem amb prudència el millor resguard
per afrontar la lluita segons el bagatge que puguem,
o vulguem, assumir i amb les eines que
la vida ens hagi donat l'oportunitat d'arborar.

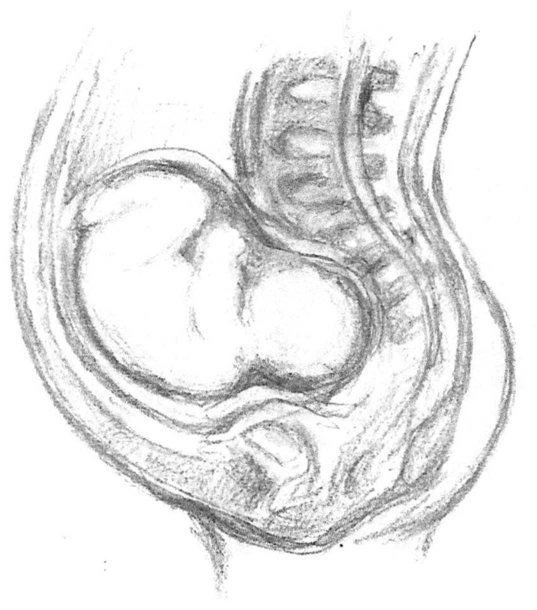

Teresa Vergés Adrià

MIRADES A LA VIDA

Quan naixem
portem impresa la data de caducitat?
La mort és un fet que, inevitablement,
es produirà en un moment o altre.
Tots ho sabem.

Per això:
Rieu sempre que pugueu, no reprimiu cap rialla,
estimeu sempre que en tingueu oportunitat,
deixeu que els vostres llavis es fusionin amb altres,
acaricieu quan hi hagi al vostre costat algú estimat,
cerqueu el contacte amb pells que us sedueixin,
i ploreu, ploreu sempre que us sigui necessari.

Sigueu generosos amb els que menys tenen,
sigueu pacients amb aquells de poc enteniment,
sigueu condescendents quan calgui,
sigueu amables: un somriure no costa gaire.

Sigueu cordials, la mala sang no us durà enlloc;
sigueu positius, no us entossudiu a veure el got mig buit;
sigueu indulgents, procureu fer senzill el que,
d'antuvi, podria semblar complicat.

No tingueu enveja del que els altres tenen,
la vida dona tantes voltes...
No sentiu menyspreu pels que són diferents:
demà podríeu ser-ho vosaltres.

No jutgeu si abans no heu intentat comprendre,
desterreu dels vostres cors l'odi i la ràbia,
puix mai han estat bons consellers
ni us portaran per mesurats raonaments.

Gaudiu de tot el que la vida us posi a l'abast:
deixeu que la llum del sol us acaroni,
deixeu que l'encanteri de la lluna us atrapi,
deixeu que el vent us esbulli els cabells.

Fruïu tant del dia clar com del que albira trist,
de la calma com de la tempesta,
de la terra eixuta com de la que esdevé fang,
de la canviant fesomia del cel a l'estiu,
de l'olor de la primavera,
dels infinits tons de la tardor,
de la blancor de l'hivern,

i mai perdeu aquell polsim d'infantesa,
que sigui sempre el vostre fidel company.

Teresa Vergés Adrià

MIRADES DOLCES

Mirades dolces, com de confitura,
de xocolata amb melindros,
de pastís de maduixa,
de tortell de nata...

Dolces mirades dels infants,
plenes d'ingenuïtat i tendresa.
Mirades grises dels grans
abans de retornar al punt de partida.

Mirades dolces d'uns i altres:
les dels petits, perquè no coneixen encara el desencís
que acompanya la pèrdua de la innocència;
les dels grans, perquè l'han oblidat en envellir.

Quan ja són molts els anys que ens acompanyen,
ens aferrem a intentar recuperar els records,
i aquells que hem guardat entre cotons
seran els que mantindran dolces les nostres mirades.

MIRADES TENDRES

Mirades tendres, amoroses,
d'aquelles que fan que et submergeixis
en un espai eteri on la teva ànima
pot volar cap a cels de blau intens
o cap a la serena pau de la nit més bella.

Mirades tendres d'ulls que emocionen
i que són capaces de vibrar
davant de sensacions que corprenen,
inundant-nos d'emocions novelles
que semblen a punt d'esclatar.

Mirades tendres que esguarden
sense esperar res a canvi,
perquè han sabut trobar,
entre les llums i les ombres,
la llavor per alçar-se cada dia.

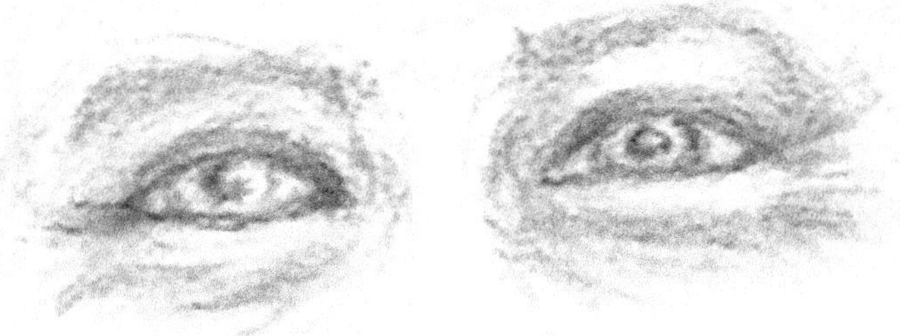

MIRADES ALEGRES

Són aquelles que fan que els ulls espurnegin
contagiant alegria amb qui creuen la mirada
en aquell moment màgic en què sembla que
el món giri en la direcció correcta.

Mirades alegres d'ànimes exultants,
potser en un regnat efímer,
però mentre es mantinguin presents
regalaran joia al seu entorn.

Un plaer que serà de bon compartir
encara que ningú asseguri quina volada tindrà.
Sembla que la felicitat sigui un bé escàs
només a l'abast d'uns pocs afortunats.

Per això, quan ens regalin mirades alegres,
fem que l'instant d'espurnes brillants
s'escampi pertot arreu i compartim-les
abans que es dilueixin en el seu ocàs.

MIRADES DE GOIG

Ulls emplenats d'alegria,
mirades lluents de goig,
ulls que transmeten felicitat,
mirades sense reserves ni mentides.

Ulls i mirades on lluu la il·lusió
i els sentiments surten desbocats,
sense que res pugui destorbar
els moments d'alegrança.

Gaudim quan les mirades s'omplin de goig;
la vida ens els dona en comptagotes.
Aprofitem les ocasions que se'ns presentin:
cal assaborir aquests sublims llampecs de joia!

MIRADES AL MIRACLE DE LA VIDA

Cada mirada s'obre amb el miracle de la vida.
Un naixement és un meravellós esdeveniment
encara que, de tan sovintejat,
potser no li donem la deguda importància.

Però la natura imposa diferents paranys,
fins i tot pot resultar complex
que una llavor arribi a germinar
per esdevenir un ésser viu.

I que ho faci amb totes les garanties,
que el complicat engranatge assoleixi la perfecció
és un fet que, de tan natural,
ja no semblem valorar com caldria.

Per això, ens corprèn quan una anomalia
fa que el nou ésser no esdevingui impecable
i resulta especialment dolorós
quan no sembla existir motiu ni raó.

Haurà de lluitar amb les seves mancances;
encara que els que afronten el desafiament
amb totes les aptituds i aparents garanties,
tampoc tenen garantida la supervivència.

La vida és extremadament fràgil
i, si supera els incomptables reptes
fins a aconseguir arribar a la maduresa,
serà l'hora de la seva plenitud.

Per això, és tan absurd i tan injust
que una vida pugui resultar malmesa per foteses.
Hauríem de valorar-la i respectar-la molt més:
res existeix abans ni quedarà després.

Apreciem el temps que se'ns regala
perquè serà l'únic que,
per bé o per mal,
tindrem al nostre abast.

MIRADES SINCERES

Mirades sinceres de qui res amaga,
mirades transparents de qui parla amb la veritat,
mirades de qui no es deixa atrapar
en teranyines de mentides ni de falses vanitats.

Mirades clares que reflecteixen sinceritat,
que et porten per dreceres amables
i que, quan les cerques, les trobes al teu costat
fent-te sentir que no estàs sola.

Mirades netes, mirades amigues,
d'aquelles que enyores si estan lluny,
però que, encara que restin a distància,
mai trairan la confiança que hi has dipositat.

Teresa Vergés Adrià

MIRADES AL NOSTRE CALAIX DE SASTRE

En un calaix de sastre sembla que tot hi cap,
per a tot hi ha espai en aquest lloc
on les coses s'obliden, a vegades expressament,
fora de l'abast de mirades encuriosides.

El botó caigut,
el mitjó desaparellat,
el moneder trencat,
el rellotge sense corda...

La pila gastada,
la funda d'un paraigua,
la bombeta fosa,
la creu d'un rosari...

Bolígrafs sense tinta,
llapis sense punta,
llaços de colors,
retalls de papers brillants...

Notes impossibles de desxifrar,
peces inservibles de ves a saber què,
números de telèfon de ves a saber qui,
claus que ves a saber què obren...

Unes cartes no enviades,
un llibre sense acabar,
una nina mig trencada,
uns papers mig esborronats...

Aquell viatge no fet,
aquell ball no ballat,
aquell projecte deixat a mitges,
aquell record no oblidat...

Aquella esperança feta bocins,
aquella il·lusió esberlada,
aquell petó no donat,
aquella vida no viscuda...

Aquella frustració que ens va marcar,
aquell dolor no oblidat,
aquella indiferència vestida de negació,
aquelles llàgrimes vessades...

Sí: sembla que tot hi cap
en el nostre calaix de sastre;
aquell lloc destinat a amagar
el que no sabem com gestionar.

Ni que sigui de tant en tant,
hauríem d'obrir-lo i donar-li una mirada,
perquè potser hi podríem trobar
alguna sorpresa que ens alegri l'ànima.

I qui sap si també hi trobaríem
engrunes de supervivència
que un dia hi vàrem deixar
guardades com a darrer recurs.

MIRADES AL CAMÍ RECORREGUT

Teresa Vergés Adrià

MIRADES DELS GRANS

Segur que haurem sentit a dir
com n'és d'enriquidora la maduresa,
com n'és d'extraordinària l'experiència
que hem atresorat durant els anys viscuts...

El que no us diuen és que
aquesta experiència acumulada
i que, aparentment, ens fa tan especials,
no sembla interessar les noves generacions.

La nostra tan preuada saviesa
pot arribar a esdevenir un trencaclosques si,
com moltes vegades passa, va acompanyada
de feblesa física i potser mental.

Amb la voluntat de no quedar obsolets,
intentarem aprendre les noves tecnologies,
mirar d'anar a l'estela dels joves,
fer el possible per entendre'ls...

Creurem que, si ens hi esforcem,
podrem parlar en el seu idioma;
però el món que els ha tocat viure és diferent
i evoluciona tan i tan de pressa...

Encara que de poc ens servirà intentar-ho,
ells sempre pensaran que són més savis.
És clar que, nosaltres, quan teníem la seva edat,
estàvem convençuts que en sabíem més que ningú.

Però si creiem que tenen un precipici al davant
i no sembla que en siguin conscients,
no sabrem restar impassibles.
Voldríem saber com protegir-los...

Segurament els anys ens han tornat porucs
i ens espanten alguns dels camins que prenen,
però ells es creuen els amos del món;
i qui sap si, d'alguna manera, tenen raó.

És clar que el temps
s'encarregarà de demostrar-los,
qui sap si d'una manera poc amable,
com podien estar-ne d'equivocats.

Si la vida és generosa i els respecta,
el més probable és que, quan arribin a grans,
malgrat que no ho vulguin reconèixer,
siguin ben bé com nosaltres.

MIRADES AL PASSAT

Abans de resseguir ignots camins,
en mirar enrere, inevitablement,
haurem d'afrontar la veritat de la nostra vida,
resseguint pas a pas la realitat més crua i punyent.

Per a tot el que hem anat llaurant
esperarem rebre el merescut reconeixement;
però també hi podem trobar actes que,
embriagant la nostra follia, no ens enorgulleixin.

Per això, quan ens arribi l'hora assenyalada,
no serà suficient que la balança resti equilibrada,
caldrà que es decanti cap a la banda
on els sentiments roïns no s'hagin pogut empoderar.

Aleshores, si el que esguardem
a l'inexistent mirall dels nostres orígens
no ens adoloreix, podrem contemplar el passat,
amb mirada assossegada i enorgullida.

MIRADES AL DESCANS

Mirades apaivagades que inviten al descans,
que es deixen bressolar suaument pel vent,
que van volant al murmuri de les fulles seques
que vaguen deixant-se portar pels somnis.

Mirades d'ulls que esguarden l'infinit
en aquell instant en què s'afebleixen les prioritats,
que ens porten dolçament cap a una vall evanescent,
que ens sublimen en un oníric encanteri.

Mirades que, a punt de sucumbir,
hipnotitzades per danses de tuls de colors,
s'endinsen entre volàtils miratges
que ens aparten, momentàniament, de la raó.

Teresa Vergés Adrià

MIRADES AL TREBALL

Curioses mirades les que insisteixen
en el fet que el treball ens dignifica.

Proclamen que, gràcies a ell,
tindrem dret a somniar despertes,
que podrem assolir la recompensa
que ens garantirà viure dignament
i guanyar un cel que, diuen, ens espera.

Que boniques són les rondalles!
Quina llàstima que només siguin això!
Ens fan creure en un món que, diuen,
tenim a tocar i ens empenyen
cap a una realitat potser inexistent
per aconseguir una idealitzada quimera.

Com a l'animal al qual s'enllamineix,
mostrant-li una imatge onírica
perquè continuï tirant endavant,
així ens mantenen enlluernades.

No hi ha igual recompensa pel mateix treball
ni prou reconeixement pels qui s'hi deixen la pell.

Descoratja comprovar com n'és d'injusta
la minsa consideració per a qui s'ho mereix
en favor d'aquells que només saben bescantar.

Però, malgrat no aconseguir el merescut llorer,
ens enorgullirem de sentir aquella satisfacció
que ens fibla, que ens esperona,
xiuxiuejant-nos a cau d'orella:

«Dona sempre el millor de tu,
no et conformis amb la mediocritat
o t'estaràs estafant a tu mateixa
i mai sabràs a on podries haver arribat».

Teresa Vergés Adrià

MIRADES A LA PARELLA

Un dia, dos desconeguts es miraran als ulls
i una espurna il·lusionada s'encendrà mentre,
dins dels seus pits, una estranya
i potser desconeguda sensació
començarà a prendre forma.

L'amor naixerà de cop
o anirà fluint de mica en mica,
però sentiments novells els envairan.
Ja no tindran ulls més que l'un per l'altre
i s'anirà teixint un vincle que els unirà.

Però l'amor és com un ésser viu:
necessita atencions constants
i, si no s'amanyaga i es cuida,
aquella passió nascuda del no-res
es pot anar diluint per infinitat de motius.

Qui sap si perquè maduraran a diferent ritme
i un d'ells preferirà continuar ancorat a la infantesa,
o perquè uns altres ulls s'interposaran
si un dels dos necessita fingits afalacs.

Qui sap si perquè la confiança que s'havien dipositat
no han sabut valorar-la d'igual manera
o, senzillament, perquè les seves expectatives
hauran deixat de ser les mateixes.

I un dia qualsevol, sense adonar-se'n,
quan es tornin a mirar als ulls,
ja no es reconeixeran.

Si sou dels afortunats,
si aconseguiu preservar el vostre amor,
alimenteu-lo, amanyagueu-lo, gaudiu-lo,
perquè serà dels millors presents que rebreu
i pel que pagarà la pena lluitar cada dia.

MIRADES ALS FILLS

Vàreu néixer de la nostra carn i de la nostra sang.
Amb mirades, emplenades d'amor i tendresa,
vàrem aprendre a gestionar una estimació nova
que s'endinsava en els nostres cors.

Sou una part de nosaltres que,
per llei de vida ens perviurà;
però no sou propietat nostra,
mai ho heu estat.

Tot just trencat el cordó umbilical,
ja vàreu esdevenir éssers lliures;
desvalguts, sense consciència encara,
però essencialment lliures.

Sou els nostres hereus i la nostra esperança,
encara que us caldran anys per madurar,
per assimilar tot el que heu d'aprendre
per poder caminar sols, sense guia.

I quan arribeu a una minsa maduresa,
la necessària per gestionar la vostra llibertat,
encara haureu d'esbrinar com sobreviure
en un món ple de paranys i incerteses.

Vostre és aquest demà,
que haureu de recórrer en solitud.
No us podrem acompanyar
pels camins que s'albiren a la llunyania.

No renegueu mai de les experiències viscudes
per doloroses que us puguin semblar,
d'elles aprendreu més que del que us vingui regalat.
Encara que això ho comprendreu més endavant.

I perdoneu les nostres possibles mancances:
érem novells i sense experiència.
No ens feu destinataris dels vostres greuges;
ho vàrem fer el millor que podíem i sabíem.

Conscientment, o no,
us vàrem anar portant cap a una cruïlla
on hauríeu d'escollir el que volíeu ser més endavant.
No vàreu demanar néixer, però... gràcies per existir.

MIRADES ALS PARES

Als pares us devem la vida.
No us la vàrem demanar,
però ens vàreu fer un valuós present.

Ningú us va ensenyar com fer-ho
ni com tirar endavant uns éssers
que arribaren verges a les vostres mans.

I ho vàreu fer com millor sabíeu.
Mai voldré creure que, conscientment,
escometéssiu aquella tasca a contracor.

I, si el resultat no ha estat l'esperat,
m'agradaria pensar que un ingrat atzar
ha manllevat els vostres ingents esforços.

Però la persona que vàreu portar al món
també disposarà del seu lliure albir
i haurà d'assumir-ne la part que li pertoqui.

De tots els seus possibles mals
no en sereu només vosaltres
els únics responsables.

MIRADES ALS GERMANS

Vàrem néixer de la mateixa mare i del mateix pare,
o potser no.
Ens varen estimar de la mateixa manera,
o potser no.
Ens varen ensenyar els mateixos valors,
o potser no.
Vàrem aprendre a veure el món des del mateix forat,
o potser no.
Vàrem beure de la mateixa font,
o potser no.
Vàrem caminar per les mateixes dreceres,
o potser no.
Patíem i ens ofenien els mateixos motius,
o potser no.
Ploràvem i rèiem amb els mateixos sentiments,
o potser no.
Sagnàvem per les mateixes ferides,
o potser no.
Ens trobàvem a faltar si ens separaven,
o potser no.
Ens estimàvem...
o... potser no?

Podíem tenir trets que ens feien semblants,
però els nostres cors glatien independents.
L'ànima mai seria la còpia d'una altra
i no hi havia mestres entre nosaltres,
puix tots esdeveníem deixebles.

Teníem personalitat pròpia,
cap comparació fora licita,
sentíem i pensàvem de diferent manera.
Mai podríem ser iguals.

Qui esperés el contrari,
com d'equivocat n'estava!

Teresa Vergés Adrià

MIRADES ALS AMICS

Els amics, eterns, temporals, incondicionals...
són aquelles persones a qui escollim
perquè romanguin al nostre costat
en una petita o gran part del viatge.

Els amics aniran entrant
i sortint de la nostra vida;
alguns potser s'hi quedaran molt temps,
altres només hi seran de visita.

Als ulls dels amics s'hi emmiralla confiança,
aquella que no neix d'avui per demà
sinó que s'ha llaurat amb temps i paciència
i l'ombra del dubte mai s'hi haurà instal·lat.

A la mirada neta i transparent d'un amic
hi dipositem la nostra ànima,
hi confiem el que som i el que sentim
i, fins i tot, la vida posaríem a les seves mans.

Amb l'amic podrem riure quan calgui
i plorar quan ho necessitem,
sense haver d'amagar sentiments
que a altres ni els importen ni comprendrien.

Els amics de debò seran pocs;
l'amistat veritable no entén de multituds
puix no tothom és digne d'entrar
al palau on rau la nostra essència.

MIRADES QUE INVITEN A REFLEXIONAR

MIRADES ESQUERPES

Mirades esquerpes, potser avergonyides,
quines veritats amaguen i quantes mentides?

De quan només eren d'infants
que ja pressentien la vilesa que existeix en el món?

De quan d'adolescents creien que era lícita
la lluita i la rebel·lia contra qualsevol sistema?

De quan d'adults no sabien com afrontar-la
i s'escapolien davant d'una situació sense fugida?

Quantes històries ocultes,
quantes experiències silenciades,
quantes vivències esfereïdores,
quantes doloroses realitats!

Mirades que recelen de tot i de tothom
perquè només coneixen la cara amarga;
no han trobat ulls amics que els facin entendre
que encara hi ha temps per tornar a confiar.

Que no tot és frustració,
que hi ha molts camins cap a l'esperança,
que cal intentar mirar endavant, sense por,
i romandre expectants als designis de la fortuna.

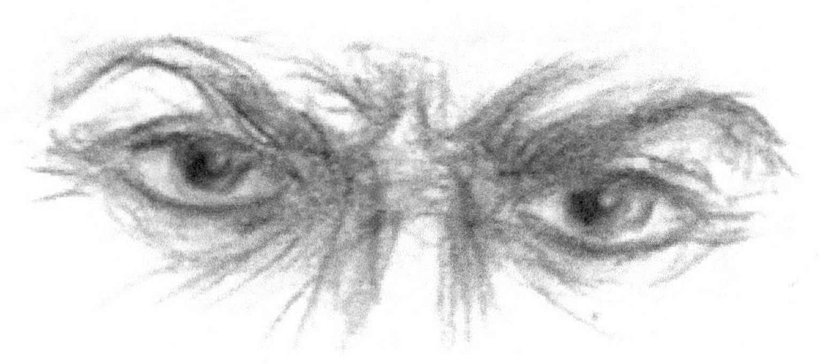

Teresa Vergés Adrià

MIRADES ADOLORIDES

No podem culpar-nos del que,
tot i pertànyer al nostre entorn,
no depèn de nosaltres.

Tendim a pensar que pot existir,
a les nostres mans,
el remei pels mals del món.

Un remei, un pedaç, una possible cura...
que, si fóssim capaços de trobar,
no ens sentiríem tan impotents.

Però la nostra potestat no arriba tan lluny.
No podem amuntegar frustracions
que no ens corresponen ni podem assumir.

No podem carregar a les nostres espatlles
el patiment, la maldat ni els despropòsits
que, de bell antuvi, arrossega la humanitat.

Només som fràgils i caducs mortals;
no tenim el poder de modificar el passat,
però sí el d'intentar protegir el futur.

Encara que les nostres adolorides mirades
continuaran desesperadament cercant-ne d'altres
on trobar i també donar el tan necessari consol.

MIRADES QUE FAN MAL

Quan mirem a uns altres ulls
i el que ens retornen ens fa mal,
és perquè som conscients que alguna cosa
fibla dins de qui ens esguarda fixament.

Potser són mirades enterbolides de tanta agror
que abaixen les parpelles o miren desconfiades.
Són mirades que haurien d'arribar al cor
de qui les observa, fins i tot, de reüll.

Si les podem percebre serà perquè
ens acompanya un bri de culpabilitat,
en som coneixedors i muts còmplices
o dubtem de poder-ne ser la causa?

Qui sap si tots tenim una part de culpa
que hi hagi mirades espantades o adolorides.
Hauríem d'esbrinar si és a la nostra mà el consol
o si hauríem d'alçar la veu per exigir justícia.

Teresa Vergés Adrià

MIRADES NETES

Mirades netes dels més petits
que, a poc a poc, pas a pas,
s'aniran convertint en grans.

Mirades serenes dels que encara
no han escomès l'aprenentatge,
també dels que han començat a oblidar.

Quina llàstima que, del viatge
que uneix ambdues estacions,
conservem a vegades tan poca cosa.

Qui sap si només voldrem guardar
les vivències que millor encaixin
en el record que hem preservat.

Qui sap si serà més plàcid
mantenir-nos a recer de veritats
que ens podrien fer mal.

Potser és preferible conservar la mirada neta,
ingènua, confiada i no haver d'enfrontar-nos
a una falsejada conveniència.

I si aconseguim mantenir aquella mirada,
encara amb minses espurnes d'innocència,
podrem creure que el temps no ens ha embrutit.

Perquè moment arribarà en què de res serviria
despullar l'ànima i exhibir-la davant ulls
que no intentarien comprendre-la.

Per això, confiem que els anys
ens hagin aportat prou enteniment, prudència,
i que la nostra mirada es mantingui serena.

Teresa Vergés Adrià

MIRADES QUE HO DIUEN TOT

Ulls del blau transparent que enamora,
del verd de la gespa acabada de tallar,
del bru càlid de la tardor,
del blanc de les mirades perdudes...

Diuen que els ulls són el mirall de l'ànima
i que, a través d'ells, s'hi pot endinsar
fins al més profund del nostre interior,
allà on guardem els secrets més íntims.

Diuen que els nostres ulls
són aquella finestra que no podem tancar
i per on sempre es podria esbrinar
el que pretenem, inútilment, ocultar.

Les mirades traspuen emocions,
sentiments guardats a raser d'ulls indiscrets
des de qui sap quant temps fa,
tant que ja ni en som conscients.

Emocions que lluitaran per sortir
entre els blaus, els verds, els bruns...,
entre els blancs adolorits
i, fins i tot, els vermells del plor contingut.

Sentiments que voldríem alliberar,
desfer-nos del cadenat amb què ens lliguen,
però no podrem evitar que, obstinadament,
ens vagin sacsejant per dins.

MIRADES DESESPERADES

Mirades desesperades d'ulls envermellits
que no saben cap a on mirar,
cerquen auxili, consol i només troben fredor.

Mirades que no reben retorn,
només esperen albirar una espurna de llum
per a adreçar-hi les seves esperances.

Mirades que guaiten altres ulls que,
com els seus, no reflecteixen sentiments
només una buidor que encongeix l'ànima.

Mirades que amaguen els desitjos
que la vida s'ha encarregat de frustrar,
però que encara lluiten per sobreviure.

Per les venes hi corre sang, desig,
i les minses il·lusions que no resten mortes
no podran evitar que continuïn empenyent.

Romanen ocultes, sense fer-se visibles,
per no mostrar al món les cicatrius
que els han deixat les experiències viscudes.

Però enmig de la desesperació, creients o no,
no podran evitar aixecar els ulls
i, mirant el cel, implorar misericòrdia.

Teresa Vergés Adrià

MIRADES PLENES

Mirades que llueixen plenes
d'amor, d'il·lusió, d'amistat, de confiança...
Mirades que empoderen, o potser no,
però que porten molta força impresa.

Mirades que romanen expectants,
dipositant fe en la humanitat,
esperant que l'amor tot ho podrà,
que l'esperança esdevindrà realitat,
que les guerres desapareixeran,
que la gent no patirà set ni fam,
que els infants rebran l'estimació que els cal,
que es protegirà els més vulnerables,
que les dones seran respectades,
que acabaran les abominacions...

Mirades plenes que empatitzen
i que aconsegueixen fer-nos creure
que tots aquests bells somnis
podrien, algun dia, fer-se realitat
i deixar de ser una quimera.

MIRADES BUIDES

Mirades buides d'ulls tenyits de neu;
mirades que no miren ni veuen,
mirades on la claror es va apagar un dia.

Potser aquells ulls no poden gaudir
d'imatges en vius colors,
però hi veuen amb el cor.

I el cor no enganya com ho fan els ulls
que, a vegades, només valoren
l'onírica imatge exhibida per fora.

La confiança d'una mirada buida
s'ha de guanyar, s'ha de merèixer,
perquè escau despullada de vanitats.

Una mirada d'ulls tenyits de fosc
pot ser aliena a la nostra pretesa realitat,
però segur que serà molt més autèntica.

MIRADES QUE DESAFIEN

Mirades orgulloses d'ulls que desafien,
a tot i a tothom, sense motiu aparent.
No els escau ni mirada humil ni sotmesa,
puix la seva lluita és amb el món sencer.

La vida les ha maltractat;
qui no hagi fet el mateix camí
que no les jutgi ni les qüestioni
si no intenta esbrinar la seva realitat.

Una realitat que no es mostrarà fàcilment.
Una veritat que, a poc a poc,
haurà d'aconseguir fer-se visible;
si no, restarà reclosa eternament.

Una realitat i una veritat que lluiten
per obrir-se als cors que s'hi vulguin atansar
i a altres ulls que, còmplices,
siguin capaços de retornar-los la mirada.

MIRADES ORGULLOSES

Hi ha diferents maneres de mirar amb orgull.
Hi ha les que són sortides d'una íntima satisfacció
com a recompensa del legítim premi aconseguit.
Mirades que són lícites i merescudes.

Però hi ha qui, de l'orgull, en fa el seu vestit;
aleshores, la seva mirada superba
serà sortida d'una vanitat que no li escau
i de la qual, algun dia, n'haurà de passar comptes.

L'orgull per a qui en sigui mereixedor.
Qui se'l vulgui atorgar
a costa de l'esforç dels altres
que pagui amb vergonya la seva arrogància.

Perquè les mirades orgulloses,
que s'exhibeixen sense cap mèrit,
es consumiran en el seu pedestal
i assaboriran l'amarg regust del menyspreu.

Teresa Vergés Adrià

MIRADES DE DESENCÍS

En les mirades de desencís
no s'hi reflecteix desig ni il·lusió;
només una boira d'esmorteïda tristor.

Els ulls emplenats de desencantament
abans s'hauran ofegat en llàgrimes
si no han trobat altre camí de sortida.

Però de res els haurà servit
haver intentat evitar el sanglot,
si és gran el mal que els aclapara.

Mirades que potser mai tornaran a brillar,
impregnades d'una pàtina d'infinit dolor
que pot portar l'ànima a sucumbir.

Però si aconsegueixen no diluir-se,
podran enlairar-se més enllà de la foscor
i es deslliuraran de la seva pesada càrrega.

Serà aleshores quan podran albirar
una nova oportunitat de volar
cap a un demà curull d'esperança.

MIRADES A LA SERENOR

MIRADES A LA SENYORA DE LES NEUS

Noble senyora del fred amb mirada de glaç
que arribeu sense demanar permís;
és clar que tampoc us cal
ja que teniu l'entrada franca.

Ens porteu temps de forçós recolliment,
de cercar l'escalfor d'una altra pell
o d'un foc que hipnotitzi amb les seves guspires
i assereni els nostres cossos enfredorits.

Temps de muntanyes de blanc tenyides,
d'estanys d'aigua glaçada,
de fantasmagòrica boira gebradora,
d'amansir la terra perquè pugui reposar.

Temps de retrobaments amb tradicions heretades,
entrellaçades amb les que han arribat de nou,
compartides al voltant d'una taula,
on mai s'oblida els que ja no hi són.

Temps en què ens deixarem portar
per una, qui sap si potser fictícia,
però alhora tan necessària,
barreja de bonhomia i pretesa alegria.

Temps en què vós, noble senyora,
ens fiblareu l'ànima fent-la glatir
per tots els desvalguts que carreguen misèria
patint fred i fam enmig de devastadores croades.

A vós, però, també us acompanyen penúries:
decreix l'escalf del sol, els ocells migren,
el camp resta erm, no dona fruits,
i tot queda vestit amb una pàtina de tristesa.

Però no vegeu als meus mots

cap bri de recriminació, ans tot el contrari;
no us demano que canvieu la vostra essència
ja que cal per mantenir el vostre essencial paper.

Perquè ben cert és, senyora,
que sense vós no hi hauria treva,
la terra no disposaria d'interludi
i sense descans emmalaltiria.

Encara que mai em podreu demanar que
els vostres grisos matins i tardes plujoses
deixin d'omplir-me el cor de melangia
amb una irremeiable sensació de tristesa.

Teresa Vergés Adrià

MIRADES A LA SENYORA DE LES FLORS

Quan marxi la senyora de les neus
arribarà, com de puntetes,
sense fer gaire soroll,
la gran senyora de les flors.

Ho farà discretament, mentre dormim;
no li donarem la benvinguda ballant a la platja
ni esperant que arribi la claror de l'albada,
però ella ho sap i no ens ho té en compte.

La primavera s'encarregarà que
un nou cicle torni a començar:
vestirà els arbres amb fulles noves
perquè ens puguin regalar la seva ombra.

Ella serà la que desglaçarà la neu a les muntanyes,
la que farà que el verd esclati
i es fusioni amb els colors de les poncelles
que ens embolcallaran amb el seu perfum.

Serà la que allargarà la llum del dia,
la que farà més curtes les nits,
la que s'adormirà amb l'esclat de la vida
i es desvetllarà quan claregi el cel.

Serà la que, després del llarg hivern,
ens farà il·lusionar amb les coses senzilles
quan el càlid alè del vent ens acaroni
i s'escolti de nou el cant de les orenetes.

Sí, arribarà la primavera, la senyora de les flors;
l'esguard se'ns il·luminarà amb una mirada diferent
i en els llavis es farà palès un somriure inconscient
quan ella prengui possessió del seu regnat.

MIRADES A LA SENYORA DE LA LLUM

Quan marxi la senyora de les flors
agafarà el relleu la senyora de la llum.
Amb ella arribarà aquell temps
en què tot semblarà esclatar de vida.

La lluna no trobarà el moment de sortir,
el sol lluirà resplendent des de bon matí
i ens acompanyarà fins que acabi el dia
quan el cel es vagi guarnint de blau marí.

Serà l'època amb moments d'esbarjo,
els rellotges semblaran avançar a poc a poc
i les pells esperaran lluir aquell to daurat
que les allunyi de la trista blancor de l'hivern.

Temps per retrobar conegudes melodies
portades per l'aigua i les fulles ballant al vent
que impregnaran els cors de serenor
mentre els nascuts colors tenyiran els esguards.

Així, les nostres mirades s'ompliran de llum
en els dies llargs i les nits de curta durada
per gaudir d'aquest esperat temps
en què l'aire sembla més agradós de respirar.

Teresa Vergés Adrià

MIRADES A LA SENYORA DEL CREPUSCLE

Amb ella, de mica en mica,
anirà minvant la llum del dia,
el cel perdrà el to rosat del capvespre
i la ciutat tornarà a lluir trista i gris.

Canviarem les estades a l'aire lliure
pel confort de les nostres llars
i aprofitarem quan el temps sigui benigne
per deixar-nos seduir pel vent encara suau.

Serà la coneguda travessia
per anar mudant de vestit
i intentar preparar l'esperit
per a l'arribada del fred.

Per a alguns serà l'esperada serenor,
el fet d'alentir el nervi i tornar a la calma,
de gaudir dels càlids tons de la tardor
mentre la natura va canviant de fesomia.

Els colors perdran la seva lluentor,
les flors s'aniran apagant,
molts arbres s'acomiadaran del seu abric
i el cant dels ocells de pas no s'escoltarà.

El cel es tenyirà de foscor
mentre l'aire quedarà envaït pel silenci
i, a l'espera de l'arribada de la senyora de les neus,
la nostra mirada començarà a enyorar la claror.

MIRADES AL TERRENAL EMBOLCALL

Observem el nostre cos terrenal
com a embolcall del que som
o del que voldríem esdevenir
per assolir una fictícia perfecció.

Un cos per fora que cuidem i aviciem
perquè sigui el millor receptable
d'una estètica admirada o,
per què no?, envejada...

Tinguem-ne cura: envellirà amb nosaltres
i, encara que emmalalteixi
i no pugui seguir el nostre pas,
serà el company que mai ens deixarà.

El de dins, menys agradós,
on les mirades no poden accedir,
és un engranatge perfecte
al qual massa vegades no atenem prou.

Allà també hi rau la nostra essència,
impregnada de misteris que s'oculten a la vista,
de carn que dol i fibla, de nervi viu
i passions que ens mouen sense fils.

El nostre cor glateix sense qüestionar res,
un cor que estima, que pateix,
i quan, cansat i sense voluntat,
deixi de bategar, desapareixerem.

Aleshores, les nostres mirades s'adormiran,
i anhelarem que no sigui només una ficció
que la nostra ànima pugui volar
cap a un oníric i atemporal confí.

MIRADES CAP AL NOSTRE INTERIOR

Les mirades que fem cap al nostre interior
resten ocultes, íntimament custodiades.
És només quan estem soles que cerquem
aquelles vivències amorosament guardades.

No podrem evitar recórrer a mirades,
potser involuntàries, que regiren sentiments
quan volem recuperar alguns records
que ens semblen essencials de preservar.

A vegades aquestes mirades causaran dolor,
altres una tendresa que ens arrencarà un somriure,
però, malauradament, també podem deixar escapar
sensacions que preferiríem que restessin oblidades.

Tot el que trobem quan mirem cap a l'interior
forma part de la nostra essència.
Som el que som per culpa, o gràcies,
del pòsit que hi ha anat deixant la vida mateixa.

Quan naixem esdevenim éssers purs,
innocents, sense màcules ni culpes,
tot ho hem d'aprendre i experimentar
i voldríem fer-ho d'una manera plàcida.

Voldríem emmagatzemar només records alegres,
que no ens fessin mal ni ens incomodessin.
Voldríem poder desterrar el que ens adoloreix,
però anirà cosit amb el que ens il·lumini la mirada.

Hauríem de ser capaços de comprendre
que totes les vivències, bones i dolentes,
les escollides o les que han triat per nosaltres,
ens són imprescindibles per poder evolucionar.

MIRADES CAP ENFORA

Hi ha un món fantàstic al nostre entorn,
però massa vegades ens complau esguardar
només les puntes de les nostres sabates
ignorant tota la bellesa que tenim al voltant.

És clar que també pot passar que ens esglaiem
davant d'accions mancades de raó
i que se'ns trenqui el cor, però ens justificarem
pensant que res hi podem fer.

Existeixen dones i homes, carregats de prepotència,
que només saben mirar amb ulls infectats de fel
i revestits d'una supèrbia que res qüestiona
mentre embruteixen el més sagrat.

Crec que mai seré capaç de perdonar
els qui són capaços de manllevar la vida,
profanar la innocència, abusar d'ànimes desvalgudes
o justificar els horrors que comporten les guerres.

Els qui, mancats d'empatia, profanen el més sagrat,
manipulen la veritat en benefici propi,
menteixen en nom de falsejats ideals
i promouen corruptes doctrines.

Encara que, així com existeix la nit i el dia,
per a cada ombra hi hauria d'haver una llum
i per a cada pecat... un perdó?
Per sort, no em correspon a mi atorgar-lo.

No podria ser magnànima,
no podria trobar excuses ni disculpes
per justificar tants despropòsits que,
conscientment, es pretenen emmascarar.

La mare amb cos de terra i cabells d'aigua
i el pare que observa des d'on habiten els déus,
s'esgarrifen de veure l'horror que impera
i com els seus fills han perdut el seny.

Mai comprendran els motius
que els han portat a escometre
un pecat tan abominable:
oblidar que som germans.

Teresa Vergés Adrià

MIRADES D'INFANTS

Mirades immaculades
que esperen rebre el que donen,
mentre se'ls il·luminen els ulls
traspuant una total entrega.

Mirades que s'obren desinteressades,
sense reserves, confiades,
posant la vida en mans dels grans
amb la confiança que no els trairan.

Mirades d'ulls tan nets de qualsevol malícia
que ignoren el que poden amagar
altres mirades que els esguarden,
emmascarant potser obscures intencions.

Mirades que s'esberlaran si es corromp
la fe que han dipositat,
mirades que deixaran de brillar
si es trenca aquell vincle sagrat.

Mireu si n'haurien de ser preservats els infants que,
encara que maldestrament tractats,
es mantindran lligats a qui no ha sabut protegir-los,
esquerdant la seva mirada abans límpida i sincera!

El més indesxifrable és que
el seu cor no passarà comptes
i continuarà glatint d'afecte
per qui ha malmès la seva candidesa.

Però la seva mirada es pot tornar esquerpa,
deixar de mirar sense reserves altres ulls,
qui sap si per vergonya, qui sap si amb amargor,
qui sap si perquè no serà capaç de tornar a confiar.

MIRADES AL SILENCI

Un silenci pot estar ple de mirades distants,
de paraules recloses que lluiten per sortir,
per alliberar-se de la cel·la
que les manté inaccessibles.

Silencis que inquieten.
Silencis necessaris.
Silencis que alleugen l'ànima.
Silencis forçats per la covardia.

El silenci com a refugi per meditar,
per trobar la pau amb nosaltres mateixes,
per no destorbar aquell íntim moment
que, a vegades, és tan grat de no compartir.

El silenci com a raser on guardar l'eloqüència
doncs abans de deixar-la eixir com un esclat
millor passar-la abans pel sedàs,
que cap impuresa malmeti el seu senderi.

Valorem primer el que desitgem expressar:
el que diguem ja no ho podrem esborrar,
quedarà gravat a foc en el sentiment de qui,
involuntàriament o no, hàgim pogut ferir.

És curiós com les paraules boniques
s'obliden amb molta facilitat;
en canvi, les que punxen, queden clavades
en algun racó lluny del nostre abast.

Una demanda de perdó sincera,
sense deixar que el temps aixequi un mur,
pot intentar curar la ferida,
però no és cap garantia d'oblit.

Un silenci temporal ens pot ajudar a reflexionar;
un silenci etern no ens deslliurarà de la inquietud,
puix allargarà el temps d'agonia
fins a esdevenir un nus impossible de desfer.

Mirades al silenci, com a filtre per a les emocions,
poden esdevenir un magnífic aliat,
però el silenci, com a amagatall del que no gosem dir,
pot convertir-se en el pitjor enemic.

El silenci pot ser tan desitjat com temut,
tan necessari com imprudent.
Convertim el silenci en un savi conseller;
com escoltar-lo depèn només de nosaltres.

MIRADES AL DOLOR

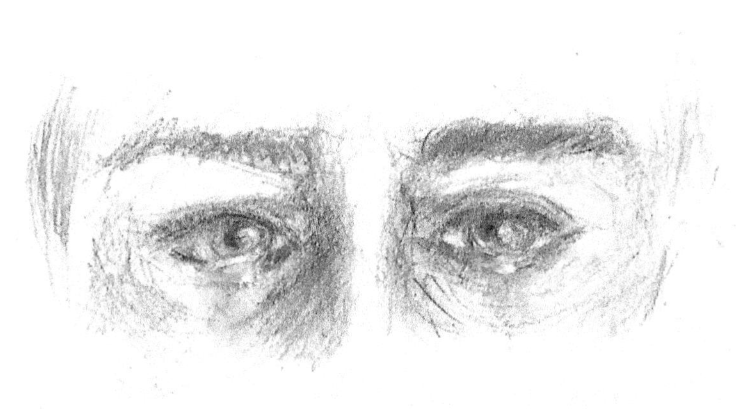

Teresa Vergés Adrià

MIRADES TRISTES

Quan a uns ulls s'instal·la la tristesa
s'apaga la seva intensitat
i la mirada s'impregna de melangia,
de desencís, de desesperança...

A vegades, la pena esdevé un estat transitori
i només haurem d'esperar que el vent
s'endugui la malaurança d'uns camins
empolsimats per tantes quimeres.

Però altres vegades, els ulls adolorits i cansats
de viatjar cap a un horitzó que sembla inassolible
hauran perdut la força per apaivagar la pena
i quedaran reclosos entre estances sense finestres.

Potser ens convindria disfressar la tristesa
i guarnir-la amb garlandes daurades,
ja que no aconseguirem que es faci fonedissa
només per aviciar-la i quedar-nos contemplant-la.

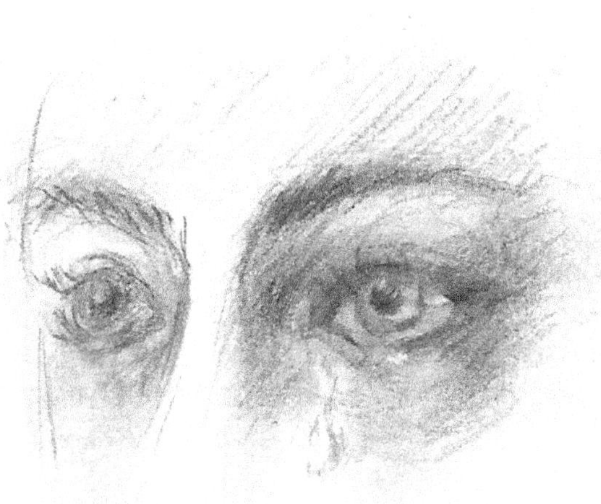

Teresa Vergés Adrià

MIRADES DE PLUJA

Quan els dies s'albiren tenyits de gris,
poden deixar-nos una gran fortuna
si el que estem anhelant
és la tan desitjada pluja.

Ens és tan necessària com la claror del sol
que ens esperona a continuar endavant
o com l'assossec de la foscor de la nit,
que tot ho apaivaga, permetent-nos reposar.

Nit i dia,
aigua i foc,
lluor i penombra,
vida i... mort.

Jorn rere jorn, estació rere estació,
tot flueix, neix i es renova,
mentre la mare natura intenta donar-nos
el que ens és imprescindible per viure.

Tanmateix, no caldria un desmesurat anhel
per assolir noves i remotes fites;
no ens caldrien ni ens serien necessàries
si no els donéssim un valor immerescut.

Les prioritàries ja haurien d'estar conquerides
i no a base de sang, llàgrimes o, fins i tot, vides,
sinó despertant la consciència col·lectiva,
valorant i agraint els regals que rebem cada dia.

MIRADES DE DOL

El dolor pot tenir diferents cares
i no sempre comprensibles motius,
però quan sura l'angoixa ens tenalla.
El que ens cremi per dins pot ser immesurable,
ja que és possible que no tingui remei ni cura.

Una mirada de dol fa mal a qui l'esguarda
perquè és el reflex d'un dolor que,
probablement, no aconsegueixi consolar
o perquè l'esguard mortífer del basilisc
pretendrà emular el rèptil de la faula...

Una mirada de dol pot amagar
sentiments en moltes direccions:
de pena, quan la mort s'ha fet present,
de ràbia, quan hem estat atacades
d'impotència, quan hem estat profanades...

De les mirades de dol en fluiran llàgrimes negres
que emergiran sense que les puguem aturar.
Podran ser d'amargor en esquinçar-se el cor
o esclatar per infinitat de raons,
però totes, absolutament totes, ens faran mal.

Algunes arribaran de mans de l'atzar, del destí,
o nascudes de les més fosques arrels
que ha plantat la naturalesa humana.
Aquests darreres mai tindran justificació
ni podran reclamar comprensió ni perdó.

Teresa Vergés Adrià

MIRADES A L'AMIC PERDUT

A fora, al carrer, està plovent;
igual que als meus ulls envermellits
que han deixat esvaïda la meva mirada.

He perdut el meu estimat amic.
Ha marxat sol, a fer un viatge
al qual no l'hi puc acompanyar.

Sento pena. Sento ràbia.
Molta pena i tanta ràbia...
És molt injust!

Tenia massa coses per fer encara...
tantes paraules per desvetllar,
tantes il·lusions per compartir,
tanta lluita per tirar endavant,
tantes esperances a mig camí...

Adeu, bon amic i estimat company!
Allà a on vagis, sigues feliç;
però, si us plau, no t'oblidis de mi.

Recorda'm, ni que sigui un instant,
com aquells fugaços estels
que buscàvem a les nits sense lluna.

Tingues per cert que,
encara que no siguis al meu costat,
et duré sempre cosit a la pell.

Et trobaré darrere de cada mirada,
darrere de cada cantonada,
darrere de cada batec del meu cor.

Teresa Vergés Adrià

MIRADES A LA VIOLÈNCIA

Tothom, en un moment determinat,
s'ha deixat portar per un acte violent
i les mirades han reflectit
el que potser mai hauríem volgut:

Cop de sang,
cop de porta,
cop contra la paret,
cop per castigar per dins,
cop per ferir per fora,
cop per demostrar menyspreu...

Tic, tac, tic, tac...
Un cop de sang... pot desbordar l'enteniment,
un cop de porta... qui no l'ha donat alguna vegada?
un cop contra la paret... ira no continguda,
un cop per castigar el cor... covardia,
un cop per ferir la carn... no té perdó,
un cop de menyspreu... no té justificació!

Segurament tots hem patit un instant de descontrol
i, indulgents, ens hem justificat pensant:
Som humans!

Perquè, quan el món sembla conjurar-se
en contra nostre la fera que portem dins
pot sortir encegada, sense oposició,
i ja no hi haurà marxa enrere ni cura possible.

Tic, tac, tic, tac...
Abans de deixar-nos endur per un cop de sang
que el senderi prioritzi els nostres actes!

Que les mirades aboleixin la violència:
mai ha estat la solució a res
i si deixem que esclati ni hi haurà aturador
ni malauradament atendrà a raonaments.

Mantinguem ben fermada la bèstia.
La seva existència és inevitable,
però l'enteniment hauria de prevaler
per sobre l'instint animal que,
massa vegades, deixem que ens domini.

Teresa Vergés Adrià

MIRADES EMBRUTIDES

Mirades embrutides pels pecats:
pecats de la carn,
pecats de l'ànima...
Pecats assumits,
pecats negats...

Mirades que amaguen luxúria,
menyspreu, odi, enveja o venjança.
Mirades embrutides, de foscos sentiments,
que ofenen només d'imaginar-les.

Mirades que expressen ressentiment,
desconfiança o despit incomprensible
cap als que es neguen a veure com a iguals.

Mirades dels que es creuen superiors,
com si estiguessin per damunt del bé i del mal.
Pensen potser que s'escapoliran de la mort
i que la seva existència mai finirà?

Mirades que acabaran mostrant
les mateixes mancances
que mai han volgut entendre en altres ulls.

Mirades de les quals hauran de passar comptes
del que hagin abanderat amb malícia
passant per sobre de consciències col·lectives
i sense la més petita ombra de remordiment.

Teresa Vergés Adrià

MIRADES A LA MORT

Diuen que la darrera mirada
que fan els nostres ulls
abans de tancar-se per sempre
és per esguardar, de fit a fit,
aquell enigma que ens ve a buscar.

Per a alguns arribarà a l'albada,
quan pugui ser esperada.
Per a altres arribarà a traïció,
quan encara no seria l'hora.
Uns pocs, fins i tot, la reclamin.

Però, en el fons, mai estarem preparats
per esdevenir viatgers cap aquell ignot destí
que els doctes de tots els temps
s'han encarregat de donar-hi forma,
qui sap si per a preparar-nos per al camí.

Diuen que hi veurem una llum
que haurem d'anar a cercar
i que allà hi trobarem, esperant-nos,
tots els que van fer la mateixa travessa
abans que l'emprenguem nosaltres.

Potser és llegenda o conte per a infants,
però és la corda que ens lliga a la consciència,
la que ens permet aferrar-nos a l'esperança
que, sigui on sigui el promès orbe paral·lel,
hi podrem trobar quelcom millor.

MIRADES QUE MAI HAURÍEM DE PERDRE

Teresa Vergés Adrià

MIRADES QUE PARLEN

Els ulls parlen sense paraules.
Els ulls miren sense prendre partit.
Els ulls mostren el que sentim.
Els ulls no saben mentir.

Amb les mirades assentim,
amb les mirades interroguem,
amb les mirades increpem,
amb les mirades perdonem.

Amb els ulls, encara que muts,
expressem el que portem a dins;
amb les mirades donem sortida
a aquells sentiments que callem.

Hauríem d'aprendre a interpretar
els missatges que hi porten impresos,
perquè massa vegades semblen no existir,
o no som capaços de trobar els mots adients.

MIRADES ALS BONS DESITJOS

Descansa al bressol dels sentiments,
deixa que aflorin les mirades
que desgranen bons desitjos
i una allau de bonhomia flueixi
impregnant de tendresa
tot cor que pur bategui.

Que mai cap llavor resti estèril,
que cap dolor quedi orfe de consol,
que cap cos tremoli de fred,
que cap ventre remugui de gana,
que cap cor pateixi el rebuig de l'odi,
que cap ésser humà dugui la marca d'esclau,
que cap blau esdevingui per violència,
que cap ànima s'endureixi com el marbre,
que cap petó resti presoner del llavi clos,
que cap temença eclipsi la sensatesa,
que cap rictus de menyspreu aflori,
que cap acte de prepotència sigui aplaudit,
que cap mirada ignori els ulls ressecs,
que cap aura es trenqui a trossos,
que cap infant carregui cicatrius invisibles,
que cap mot sigui dit per ofendre,
que cap mà es tanqui abans d'obrir-se,
que cap clam d'auxili quedi ofegat,
que cap injustícia resti silenciada...

Que cap insensat tingui la gosadia
de parar un parany al seny
ni mai deixem que l'atzar emmanilli la raó.

MIRADES D'ESPERANÇA

A vegades, per infinites causes
i potser per poderoses raons,
els nostres ulls poden reflectir
mirades d'esperança.

Esperança que ens pot arribar per casualitat
o d'un desigual combat amb la vida mateixa;
a l'espera inconscient de trobar un nou camí
que ens permeti albirar millors auguris.

Mai hem de deixar de lluitar.
Qui sap si en qualsevol moment
la fortuna ens donarà la mà
i els nostres anhels es faran realitat.

Però si no és el que tenim destinat,
aleshores, que es trenqui el fil
que uneix la confiança a la mirada
i que s'esmicoli per sempre.

No hi ha res pitjor que l'espera,
la incertesa pot arribar a ser angoixant
i, a vegades, tan immensament cruel
com el pitjor desenllaç.

Encara que, si en el possible desencís
sabem cercar-hi no només sentiments negatius,
potser se'ns permetrà trobar-hi nous arguments
per mantenir viva la mirada a l'esperança.

MIRADA A UNES SINCERES CONCLUSIONS

Permeteu que us llegui uns humils consells:

Als infants: no vulgueu créixer massa de pressa,
tot arribarà quan sigui el moment precís.
Gaudiu d'aquest temps preciós que no tornarà.

Al jovent: no us tanqueu dins quatre parets,
a fora del vostre món d'irreal confort
n'hi ha un de real, molt més veritat.

Als grans: atresoreu temps per a vosaltres,
serà el millor present que us podreu fer.
No deixeu de mirar endavant,
però preserveu el passat per als vostres hereus.

Als més grans: res descobriré que no sapigueu
si us dic que ja heu fet la major part del camí,
però, mentre cos i ment us acompanyin,
no deixeu de banda el que us faci feliç.

I, per a tots, uns darrers mots
que no per coneguts són sobrers:

No deixeu de fer el que heu posposat:
desitjos que heu guardat sense estrenar,
afanys mai dits en veu alta,
il·lusions que hàgiu reprimit...

Penseu en vosaltres i gaudiu de l'avui.
Comptat i debatut,
no oblideu mai que som aquí
per una poderosa raó: VIURE!

ÍNDEX (* enregistraments d'àudio)

SOBRE L'AUTORA

Teresa Vergés Adrià neix a Barcelona, al barri de Gràcia, l'any 1951.

Actriu, poetessa, dramaturga, autora de contes, relats i amant de la fotografia...

Pertany a la tercera generació d'una nissaga d'actors que s'han mogut a cavall entre els circuits amateurs i els professionals.

Va començar a pujar als escenaris des de molt petita, per tradició familiar, després va continuar per vocació personal i mai ha deixat el camp de la interpretació.

Com autora, escriu poemes –diversos d'ells editats-, relats i contes –publicats tres d'una mateixa col·lecció- i textos teatrals -un d'ells estrenat recentment-. Guardonada en diferents ocasions.

Amant de la fotografia, ha desenvolupat una extensa sèrie d'obres de Poesia Visual, fusionant fragments dels seus poemes amb imatges, també de la seva autoria, que ha escollit per la seva singularitat.

L'han definit com a ànima inquieta; potser és això el que la impulsa a cercar contínuament noves formes de desplegar la seva creativitat.